T0262603

BESTSELLER

José Carlos Carmona (Málaga, 1963), doctor en filosofía, profesor de la Universidad de Sevilla, es músico y escritor. Hasta la fecha de hoy, ha publicado tres libros de relatos: *Pararse a pensar, Cuentos para después de hacer el amor* y *El arte perdido de la conversación.* Con *Sabor a chocolate* ha ganado el XIII PREMIO LITERARIO DE LA UNIVERSIDAD DE SEVILLA.

JOSÉ CARLOS CARMONA

Sabor a chocolate

DEBOLS!LLO

Sabor a chocolate

Primera edición en Debolsillo en México: octubre, 2015
Primera reimpresión: febrero, 2017

D. R. © 2008, José Carlos Carmona

D. R. © 2016, Penguin Random House Grupo Editorial, S. A. U.
Travessera de Gràcia, 47-49, 08021, Barcelona

D. R. © 2017, derechos de edición mundiales en lengua castellana:
Penguin Random House Grupo Editorial, S.A. de C.V.
Blvd. Miguel de Cervantes Saavedra núm. 301,1er piso,
colonia Granada, delegación Miguel Hidalgo, C.P.11520,
Ciudad de México

www.megustaleer.com

ISBN: 978-607-313-619-8

Impreso en México – *Printed in Mexico*

El papel utilizado para la impresión de este libro ha sido fabricado a partir de madera procedente
de bosques y plantaciones gestionadas con los más altos estándares ambientales, garantizando
una explotación de los recursos sostenible con el medio ambiente y beneficiosa para las personas.

Penguin
Random House
Grupo Editorial

*A todas las generaciones
anteriores a la nuestra,
que con su trabajo y esfuerzo
consiguieron que llegáramos a existir.*

Agradecimientos:
*A todos los que salen
nombrados en esta obra.*

«Todo jugar es un ser jugado.»
«El misterio divino de la vida es su sencillez.»
HANS-GEORG GADAMER
Verdad y método. 1960

I

Sabor a chocolate

Eleanor Trap dirigía una fábrica.

Una fábrica de chocolates en Suiza.

Eleanor Trap descendía de una familia de húngaros americanizados que modificaron sus apellidos al llegar a Estados Unidos en tiempos de la Ley Seca.

Eleanor Trap cojeaba de su pierna derecha desde la infancia. Su tío Adrian Troadec la invitó a Suiza en los años sesenta.

Eleanor tenía 23 años cuando vio por primera vez la Europa de sus antepasados.

No sabía que el chocolate cubriría su vida desde aquel instante.

Cuando llegó a Suiza en su primer viaje adulto en avión, vomitó sobre suelo helvético. Se juró no volver a viajar por aire en toda su vida. Eleanor Trap no cumplió su promesa.

En el aeropuerto la esperaba Adrian Troadec. Tenía un enorme bigote con las puntas enroscadas. Ésa fue la primera imagen de su tío Adrian: unos enormes bigotes enroscados, en un cuerpo alto y poderoso, cubierto por un sombrero verde con una plumita.

Eleanor Trap sintió miedo. Estaba por primera vez sola. Estaba por primera vez en un país extranjero. Y estaba por primera vez con su tío Adrian. Adrian Troadec.

3

Eleanor Trap comprendió rápidamente que, a pesar de sus recelos, Suiza era la tierra más bella del mundo.

Era 1963. Otoño de 1963. Martin Luther King acababa de proclamar al mundo: «Tengo un sueño».

Eleanor tenía 23 años.

4

Adrian Troadec llevó a Eleanor a ver la pequeña fábrica de chocolate donde habría de trabajar.

La sonrisa del tío Adrian se iluminó por primera vez debajo de sus bigotes mostrándole la pequeña fábrica de chocolate.

Adrian Troadec era viudo sin hijos.

Eleanor supo que aquella fábrica sería suya.

Con el poder que da saberse dueña de todo lo que había frente a sus ojos, metió el dedo en el chocolate y lo probó. Le resultó ácido y amargo.

—¡Que le añadan más azúcar! —sentenció Eleanor.

Adrian Troadec sólo guardó silencio. En ese momento comprendió que acababa de comenzar su jubilación. Mirando a Eleanor, contemplando su fuerza y determinación, le embargó la nostalgia y le inundó el recuerdo vivo de su mujer, Alma.

5

Alma Trapolyi tocaba el violonchelo en la pequeña orquesta de la escuela intermedia. Era 1922, los fascistas marchaban hacia Roma. Alma Trapolyi tenía 16 años. Adrian Troadec observó que destacaba entre todas.

Para él destacaba entre todas.

Pero tardó años en llegar a conocerla. Desde entonces acudió a todos los conciertos de la escuela intermedia y más tarde, cuando ella concluyó sus estudios, la estuvo buscando en las otras pequeñas orquestas de la ciudad hasta que la encontró en la orquesta del Conservatorio. Adrian Troadec, entonces, era sólo un jovenzuelo alto y desgarbado que vendía leche puerta a puerta y que olía siempre a vaca.

6

El joven Adrian Troadec lo intentó todo para conocerla.

El joven Adrian Troadec era muy metódico y concienzudo y elaboraba planes siempre a largo plazo. Para conocerla, pues, intentó aprender también violonchelo en una escuela de música, pero los profesores, por su altura, le aconsejaron que tocara el contrabajo. En sólo un par de meses el maestro de música le dijo que lo abandonara, que su oído no se llevaba bien con la afinación temperada.

Tras la desolación de este primer intento, procuró conseguir un trabajo en el Conservatorio como mozo, un trabajo que —pensó— le daría la posibilidad de rondar por el escenario y los ensayos de la orquesta. Pero nunca había un puesto para él ni para nadie.

Un día, repartiendo leche, reconoció al Director de la Orquesta del Conservatorio y a partir de aquel día intentó entablar conversación, pero sin saber por qué nunca llegaba a cruzar más de cuatro palabras con el maestro.

Una mañana que no estaba el Director pudo entrar hasta la cocina. Al pasar ante la puerta del salón de la gran casa vio un tablero de ajedrez con una partida empezada.

—Aprenderé a jugar al ajedrez —se dijo.

El joven Adrian Troadec llegó al ajedrez por amor. El ansia de amor fue su primer maestro.

Su segundo maestro de ajedrez fue Alejandro Alekhine, vencedor del primer campeonato soviético en 1920 y recién llegado a Lausanne.

Alejandro Alekhine preparaba el campeonato del mundo en la paz de la tranquila Suiza y daba clases a cuenta del Cantón de Vaud, que lo mantenía en espera de beneficios posteriores.

Alejandro Alekhine intuyó una fuerza oculta en la mirada del joven Adrian Troadec y lo preparó paciente y meticulosamente, casi hasta la extenuación, durante los siguientes tres años. Hasta que consiguió hacer de él el campeón de Suiza.

Después, Alejandro Alekhine abandonaría Suiza para ganar el campeonato del mundo en 1927, corona que mantuvo hasta 1935 y que volvió a recuperar dos años más tarde y mantuvo hasta su muerte en 1946.

Alejandro Alekhine —diría más tarde Adrian Troadec— le obligó a hacer un gambito de dama.

Sacrificó tres años de su vida para conocer a un hombre que quizás podría abrirle las puertas para conocer a una mujer que quizás podría estar interesada en él.

Y le salió bien la jugada: no sólo conoció al Director de la Orquesta y se hizo su mejor compañero de juego sino que Alma Trapolyi resultó ser su hija, y por ganar el campeonato nacional de ajedrez pudo dejar su trabajo de repartidor y dejar de oler a vaca.

Pero no fue fácil conquistar a Alma Trapolyi.

Alma Trapolyi tocaba a todas horas el violonchelo, leía novelas de amor francesas y amaba a su padre, Lajos, también de procedencia húngara, que había sido invitado a quedarse como Director de la Orquesta del Conservatorio diez años antes tras una gira exitosa con la Orquesta de la Provincia de Pécs. Alma Trapolyi amaba a su padre, Lajos, y odiaba a su hermano pequeño György. Su madre había muerto años atrás.

Y a Alma Trapolyi le irritaba que un joven lechero con olor a vaca venciera día tras día a su fantástico padre en algo en lo que hasta entonces había sido invencible.

Lajos Trapolyi, sin embargo, sólo decía bondades del joven Adrian. Proclamaba su inteligencia, su esfuerzo, su voluntad, su historia de rebeldía en Hungría y su apasionado gusto por la música. Mejor hablaba de él, más lo odiaba Alma.

—En cada partida —decía el maestro Lajos—, Adrian pone una energía, un ansia, que va más allá de lo natural, como si una fuerza oculta le empujara a ganar.

Adrian comenzó a elaborar la estrategia definitiva. Para ello necesitaba conocer a su contrincante, saber su forma de juego, percibir sus debilidades. Y comenzó a seguirla, a hacerse amigo de sus amigos, a charlar sobre ella largamente con su padre y a observarla continuamente.

Después de un par de meses sabía a la perfección que era una mujer meticulosa, trabajadora y rigurosa, de gran estabilidad mental y espiritual, que nunca se desequilibraba por nada.

Adrian Troadec, después de dos meses de analizar a este contrincante y de preparar la partida, no sabía cómo vencerla.

Por más que el joven Adrian Troadec intentaba pasear con ella, hablar con ella o acompañarla después de los ensayos las tardes de verano, ella se encerraba en su rica soledad de música y lecturas sin necesidad de nadie más.

Su equilibrio y estabilidad eran siempre totales. Sólo después de los conciertos notaba en ella una cierta desazón, que la recluía aún más en su caparazón y que la impulsaba a ir a casa a paso ligero cargando sobre su espalda su violonchelo enfundado.

En ese camino, solía desviarse por una callejuela para detenerse en una vieja panadería donde, invariablemente, se compraba y comía un pequeño bollito dulce.

Adrian Troadec tuvo que defender por primera vez su título nacional de ajedrez en la ciudad de Ginebra. Era el año 1927 y Adrian Troadec tenía 23 años. Su maestro Alejandro Alekhine había venido de París para presenciar el campeonato.

Para Adrian había sido un viaje algo penoso, se encontraba cansado y desanimado por el largo camino recorrido en su partida contra Alma Trapolyi, en la que estaba a punto de firmar tablas.

Adrian Troadec ganó sin dificultad las partidas primeras, que le parecieron de trámite. Y la última debió jugarla nuevamente contra su adversario del año anterior, Honoré Louhans, a quien había arrebatado el título.

A Adrian Troadec le tocó jugar con las negras. En el comienzo de la partida se disputaron el centro del tablero con sus peones. El alfil blanco salió para atacarlo. Tras unas maniobras, la dama negra tuvo que salir en defensa del centro del campo de combate, aunque al verse acorralada se sintió obligada a retroceder. Las siguientes escaramuzas llevaron esta vez a la dama blanca al centro para defender un último peón. La salida de un peón negro más desequilibró el centro y produjo una enorme masacre sobre una sola casilla, la casilla 5 rey: el peón negro comió al peón blanco, el victorioso fue comido por el caballo blanco, a éste lo abatió el caballo negro, pero la dama blanca acabó con él, luego la dama negra lo vengó y la torre blanca eliminó, por último, a la dama negra.

Adrian Troadec contempló la masacre que en unos pocos minutos había dejado el tablero medio vacío y se asustó de la vida.

—Así también, a veces, juega la vida —se dijo.

Años más tarde habría de recordar esa misma jugada cuando vio morir a sus compañeros en un asalto militar nazi al cuartel de Kufstein en la frontera con Alemania, cerca de Múnich y Salzburgo.

Haciendo un esfuerzo por concentrarse en la partida, realizó un recuento que le dejaba una situación de control del centro del tablero con dos de sus peones respaldados por sus alfiles.

Aunque un poco más animado por el resultado de este combate, el cansancio le acechaba y por un momento tuvo miedo.

Adrian Troadec tuvo miedo de perder y de que, perdiendo, su posición social cambiase y se viera envuelto en una espiral de desastres que lo apartara de Alma Trapolyi.

Adrian Troadec movió un peón lateral en el flanco de la dama que bloqueó a un peón blanco convirtiéndolo en una debilidad de su contrincante. Pero tras una defensa con movimiento de torres, Adrian Troadec cometió un error al desbloquear el peón blanco tomando con cierta prisa e inconsciencia al peón de la segunda columna y perdiendo así el control sobre ese flanco y la superioridad en el centro.

Cuando se dio cuenta del error, pidió un receso de diez minutos al que tenía derecho.

Alejandro Alekhine seguía la partida.

Alejandro Alekhine fue consciente del error técnico, pero, más allá de él, fue consciente de que ese día en particular, ése, por primera vez desde que lo conocía, era el primer día en que Adrian Troadec no tenía fuego en la mirada.

Y, entonces, Alejandro Alekhine se dio cuenta de que aquel fuego que él siempre había visto en los ojos de su discípulo era amor.

Y, entonces, Alejandro Alekhine lo comprendió todo y supo que perdería aquella partida.

No obstante, el gran maestro Alejandro Alekhine, que no podía hablar con él durante los recesos, se acercó a su discípulo ante la atenta mirada del juez y, abriendo su bolsa, sacó de ella un pequeño objeto de forma cúbica envuelto en papel con grasa y, tal como él mismo hacía en los recesos de sus grandes partidas, se lo dio a comer. Adrian Troadec reconoció en seguida que se trataba de un *bonbon au chocolat*, un confite de chocolate que sólo se podía conseguir en Ginebra o en París. Le quitó la envoltura y, sin comprender nada pero confiando plenamente en su maestro, se lo comió.

Era el año 1927 y Adrian Troadec tenía 23 años. Fue entonces cuando por primera vez en su vida probó el sabor del chocolate.

13

Las negras habían perdido la *calidad* porque se intercambiaba una torre, de más valor, por una pieza de menos: un peón. Sin embargo, los dos peones y los dos alfiles, todavía en el centro del tablero, tenían un contrajuego considerable.

Tras muchos movimientos en una fase que se hizo un poco aburrida, Adrian Troadec comenzó a sentirse más animado.

Y entonces, mirando aquel tablero y sintiendo su cuerpo despertar, fue cuando comprendió cómo conquistar a la inaccesible Alma Trapolyi.

Adrian Troadec comprendió que Alma Trapolyi corría después de los conciertos porque necesitaba tomar algo dulce tras el esfuerzo físico y la tensión desplegada durante ellos.

Adrian Troadec lo supo entonces: la conquistaría con dulces chocolates.

Tras varios movimientos de espera de ambos reyes, Adrian Troadec rompió la tranquilidad del juego tomando un peón que estaba cubierto por un caballo.

La sorpresa de Honoré Louhans al ver ese arriesgado y valiente movimiento, cuando ambos contrincantes debían de estar agotados, movimiento que ahora le obligaba a tomar el peón atacante por el caballo con el que lo cubría, le asustó de tal modo que decidió hacer huir a su caballo hacia el flanco del rey, desequilibrando la partida.

Adrian Troadec, entonces, avanzó su peón negro hasta la penúltima casilla, dejándolo en puertas de coronarse dama, obligando a que ambas torres blancas permanecieran allí inmóviles cubriendo ese peligroso movimiento, quedando así las negras en situación altamente ventajosa.

Tras esta jugada, Honoré Louhans, pensó un buen rato hasta que le ofreció la mano y le dijo:

—Ganaste de nuevo, Adrian.

15

Adrian Troadec volvió a Lausanne dispuesto a esperarla a la salida de los conciertos con una bolsa de bombones. Pero cuando los buscó descubrió que nadie en toda la ciudad los vendía.

Resignado con tal hecho, Adrian Troadec compró bollos dulces y se fue a esperarla a la salida del concierto.

Cuando Alma Trapolyi salió del concierto por la puerta de atrás de la sala lo vio apostado contra una pared bajo la mansa llovizna de fina nieve con un pequeño paquetito en la mano. A Alma Trapolyi, más que nunca, Adrian Troadec le pareció un triste espectro alargado, desgarbado y descolorido.

Sin embargo, Adrian Troadec, que no pudo leer su pensamiento, corrió hacia ella dando saltos ridículos con sus enormes patas de alfiler chapoteando sobre la primera fina capa de nieve sucia y, sacando toda la sonrisa de la que era capaz, puso ante ella un paquetito envuelto en un fino papel, ya mojado, cerrado con una cuerdecita rematada en forma de lazo. Adrian Troadec pensó que sin duda estaba dando jaque a la dama. Y en vez de decir «jaque» dijo la primera tontería que se le vino a la cabeza: «Dulces para mi chelista preferida».

Alma Trapolyi no supo qué decir. Pero sí pensó que aquel cretino, si estaba allí con dulces en la mano, era porque no había podido oír su primer pequeño solo de violonchelo en la ejecución, esa noche, del *Gloria* de Antonio Vivaldi, cuando hacía de continuo acompañando a la *mezzosoprano* solista. Pero para cuando concluyó este pensamiento, Adrian Troadec ya había abierto el pequeño paquete de dulces y lo que entonces vio le pareció a la joven Alma la metáfora de su portador: todos los bollos de azúcar mojados y arrugados como un puré de manzana.

—No gracias, no me apetece —dijo—, me esperan.

16

Y lo peor no fue que Adrian Troadec se quedara bajo la nieve, con los pies empapados, con un paquete de puré de bollos dulces abierto sobre sus manos y cara de bobo, lo peor fue que verdaderamente alguien la esperaba aquella noche en la puerta de la sala de conciertos.

Él se llamaba Mel Willman y era un joven capitán de la aviación norteamericano y que en una de sus aventuras europeas recaló en Lausanne, asistió a un concierto, se quedó prendado de ella, la abordó sin contemplaciones y la conquistó sin compasión, arrebatándosela a su padre, Lajos Trapolyi, a Suiza, a la música y a Adrian Troadec, para siempre.

Adrian Troadec había perdido la partida aunque aún no lo sabía.

Adrian Troadec supo que un aviador americano venía a verla de vez en cuando, paseaba con ella e iban a conciertos juntos. Pero también sabía que se iba y desaparecía durante meses de Lausanne sin dar señales de vida.

Esa nueva situación, pues, no le amedrentó. No obstante supo que debía actuar ahora con mayor agilidad, como en una partida corta y con el tiempo cronometrado.

La vida de Adrian Troadec había consistido durante los últimos años en jugar al ajedrez y ganar partidas y competiciones. Pero ésa no podía ser su forma de vida, pensó. Debía construir de forma estable un futuro para él y para su futura familia.

Adrian Troadec se aferró a su idea de los bombones. Alquiló un pequeño establecimiento cerca del Conservatorio, viajó a Ginebra, contrató una distribución permanente de bombones para su establecimiento y un 30 de agosto de

1927 abrió el primer despacho de *Petit Chocolat Troadec*. Adrian Troadec tenía tan sólo 23 años, Alma Trapolyi tenía 21. Acababa de arder Viena por el enfrentamiento entre los partidarios del Gobierno socialista y los nazis que querían anexionar Austria a Alemania.

Para ella, la temporada de conciertos 1927-1928 sería la última que pasara en la ciudad de Lausanne.

Alma Trapolyi, tal como calculó Adrian Troadec, descubrió el establecimiento de los *Petit Chocolat Troadec* tras un concierto cuando se dirigía con apremio a la panadería de siempre. Alma Trapolyi vio el escaparate adornado con plantas de hojas verdes y bandejas plateadas que mostraban las pequeñas piezas desnudas de aquella especie de caramelos de chocolate. Su sola contemplación la empujó a entrar.

Cuando vio a Adrian Troadec tras el mostrador sonrió abiertamente. Los ojos de Adrian se iluminaron, ella sonreía, la gran trampa había funcionado. Alma Trapolyi habló con él desinhibidamente, con alegría, sin tensiones ni complejo alguno, sin recuerdo de persecuciones pasadas. Adrian Troadec entonces comenzó a darse cuenta de que Alma Trapolyi lo trataba como un amigo más, como un compañero.

Y esa revelación lo hundió.

Alma Trapolyi le habló —pensó— como habla una mujer que ya es de otro.

19

Para Adrian Troadec aquel día fue el primero de una etapa de gran felicidad. Alma lo visitaba a menudo, charlaba con él cuando iba a jugar al ajedrez con su padre y comenzaron a pasear por el lago con frecuencia.

Adrian Troadec y Alma Trapolyi se hicieron por fin amigos.

Alma le hablaba de Mel Willman. Adrian soportaba el tema porque entendía que ella de lo que hablaba era de amor y a él le gustaba el tema, no el protagonista.

Alma y Adrian, por las tardes, comenzaron a pasear en bicicleta por la orilla del lago Leman hasta Vevey y Montreux, sintiendo su calma, el aire límpido y fresco, la belleza de su paisaje, la solemnidad del gran Mont Blanc, que cerca el lago con su pico nevado, y sus corazones que, ahora, se estaban uniendo para siempre.

Mel Willman volvió en las navidades de 1927 para pedir la mano de Alma a su padre, Lajos Trapolyi. Lajos Trapolyi lo emplazó para dos días más tarde.

Lajos Trapolyi habló con su hija Alma, que radiante de felicidad le pidió que aceptara. Lajos Trapolyi no pudo soportar el dolor de la separación de su hija y se echó a llorar. Fue entonces cuando Alma Trapolyi vio llorar por primera vez a su padre, Lajos, y tuvo miedo de estar equivocándose.

Lajos concertó una cita con Adrian Troadec para jugar al ajedrez. Adrian ya sabía que Mel estaba en la ciudad y no andaba de muy buen ánimo. Ambos jugaron una partida lenta entre el silencio y la tristeza. Lajos sacó fuerzas de la angustia y se lo comunicó a Adrian:

—El aviador americano se va a llevar a nuestra niña —dijo.

La partida no continuó. Por primera vez en años ninguno de los dos tuvo interés por derrotar al otro. En cierto sentido se sintieron, ambos, derrotados.

21

Mel y Alma viajaron durante un fin de semana a Montreux. Allí, en una pequeña casita junto al lago, hicieron el amor por primera vez.

Al amanecer, Alma miró desde la ventana el castillo flotante en el lago y recordó que sólo pocas semanas antes había paseado con Adrian por ese mismo lugar. De pronto sintió el abismo de la vida.

Mel volvió a los Estados Unidos de América prometiendo regresar en mayo para la boda. Después ella debería viajar con él para construir una nueva vida al otro lado del océano.

Después de la visita de Mel, Alma y Adrian no se vieron durante semanas. En ese tiempo Adrian pasó de la preparación minuciosa de planes para reconquistarla a la más profunda de las desesperaciones, concluyendo en una resignación sumisa. Habría de reconstruir su vida sin ella, se dijo.

Una tarde, Alma entró en la pequeña tienda de chocolates y se lo encontró solo. Él la miró sorprendido, pero ya sin expresión, sin pasión, con esa resignación en la que se había envuelto en las últimas semanas. Ella sonrió y le pidió un pequeño bombón. Él se lo dio. Después de comérselo pidió otro y luego otro y otro y otro. Hasta que empezaron a reírse y se abrazaron.

Él cerró la tienda y se fueron a un café donde hablaron durante horas sin mencionar a Mel.

A partir de aquel día volvieron a verse cada día sin faltar uno solo y sin hablar jamás de Mel hasta que él llegó el 1 de mayo.

Se casaron el día 22. Y el 6 de junio ella viajó hacia Estados Unidos con su nuevo marido y sin despedirse de Adrian. Adrian Troadec.

Era junio de 1928, el cine sonoro acababa de ser creado por la Warner Bros en Nueva York y se presentaba por esos días en París.

Su viaje con Mel fue en ferrocarril, primero, hasta París y Calais; en barco, después, hasta Nueva York; y en avión, la última parte, con United Airlines desde Nueva York a Washington. Cuando Alma llegó a Estados Unidos todo le pareció maravilloso y nuevo. Aún resonaban los ecos de un compañero de Mel, Charles Lindbergh, que había conseguido cruzar en solitario el océano Atlántico; los coches Ford T. comenzaban a inundar las calles; el jazz animaba las ciudades, las salas de baile se llenaban de charlestón y los vestidos de las mujeres se acortaban.

Alma Trapolyi se sintió anticuada con sus 22 años. Pero estaba dispuesta a disfrutar de todas las nuevas perspectivas que le abría la vida.

24

Alma Trapolyi conoció a Rebecca Sara Newton en la Levine School of Music de Washington. Rebecca Sara Newton era estudiante de canto y amaba el jazz. Becki, como todos la llamaban, introdujo a Alma en la vida nocturna de la ciudad capital. Becki hablaba un correcto alemán que aprendió de su padre.

—El inglés —le dijo a Alma— es como un alemán mal hablado.

En Washington a finales de 1928 se hablaban todos los idiomas europeos. El francés era el idioma oficial de la diplomacia y Washington era la ciudad del mundo con mayor número de diplomáticos por metro cuadrado. Los italianos se extendían por toda la ciudad. Y los judíos procedían de Polonia, Hungría y Rusia. La década de los años veinte atrajo inmigrantes de toda Europa que huían de la posguerra y soñaban con la nueva vida americana.

Becki llegó al Joe & Mo's Club con Alma, tomó el micrófono y dijo: «Ésta es mi amiga Alma,

Alma Trap». Y comenzó a cantar *Night and Day*, del joven Cole Porter. Así conoció Alma su nuevo nombre: Alma Trap. Nunca más volvió a utilizar su antiguo apellido.

25

La nueva Alma Trap asistía todas las noches a clubes y fiestas. Siempre estaba con Becki porque Mel, su marido, nunca estaba en el país. Mientras pudiera y no estuviera él, utilizaría su apellido de soltera, ahora americanizado, un poco por despecho a que Mel le hubiera prometido una vida de amor y le estuviera comenzando a dar una vida de soledad. Aunque Alma intentaba no pensar sobre su vida. No se sentía mal porque en Washington todos eran inmigrantes y todos sufrían el mismo tipo de nostalgia, pero comprendía que aquel tipo de vida, la de mujer solitaria en bailes nocturnos, no podría ser para siempre.

Alma tocaba el chelo durante el día en su vacía casa de Georgetown y por la noche seguía a Becki a los mundos poblados de la música y el baile.

Cuando Alma tocaba el chelo, una gran paz interior le hacía recordar su tierra, su lago, sus montañas y a Adrian Troadec. Entonces, Alma lloraba. Fue en aquella época cuando comenzó a escribirle cartas a su amigo Adrian. Adrian Troadec.

Las primeras cartas fueron alegres, desenfadadas, pletóricas de alegría por su nueva vida, orillando siempre referencias a su amistad con él pero mostrándola en cada párrafo, en cada confidencia.

Después comenzó a deslizarse un hilo de tristeza entre sus palabras escritas que fue modificando la tonalidad de sus cartas. Un hilo que fue construyendo el nuevo tono de una Alma triste, desubicada, sin norte, solitaria.

Fue entonces cuando Adrian Troadec, pertrechado con las siete cartas que había recibido de ella en los últimos ocho meses, se decidió a hablar con Lajos Trapolyi, el padre de Alma, para ponerle al día de la situación.

Cuando Adrian Troadec llegó a la casa de Lajos, Lajos jugaba al ajedrez con su hijo György y oía en una nueva gramola la *Sinfonía Pastoral* de Beethoven. Adrian, como si fuera un experto en literatura epistolar, analizó cada uno de los rasgos de las siete cartas, centrándose en los aspectos negativos de las últimas tres para concluir que Alma se sentía sola y estaba a punto de entrar en un profundo estado de melancolía.

Lajos Trapolyi se levantó de la partida, separó la aguja de la gramola. Creó el silencio. Tomó su vieja pipa, capturó fuego de la chimenea con un cerillo, encendió la pipa y, cuando estuvo en disposición de decir algo, quien rompió el silencio fue su hijo György, que dijo:

—Yo iré por ella.

Así, en abril de 1929, un joven de 20 años llamado György Trapolyi, aplicado estudiante de piano, partió hacia un largo viaje, del que nunca regresaría, con dirección a los Estados Unidos de América. Tomó un tren hasta Ginebra, de allí otro hasta París. Estuvo en París más de un mes disfrutando de su primer contacto con una gran ciudad, tocando en pequeños cafés y descubriendo que ése era el tipo de vida que quería y no la apacible Lausanne y su música anticuada, hasta que tomó rumbo hacia Calais. Allí esperó quince días, tocando un piano desvencijado en una cantina francesa entre marineros borrachos, a que partiera el gran trasatlántico *Bremen* hacia el Nuevo Mundo. Tras veinticinco días de dura travesía, donde alternó los vómitos con la interpretación de bailes de la época que había aprendido en sus últimas semanas en Francia, llegó a una Nueva York donde se encontró con una ciudad de casi dos millones de habitantes que bullía sin descanso. Allí, en Nueva York, se quedó más de tres meses casi hasta olvidar a qué había ido, deslumbrado por los nuevos ritmos y acordes que los clubes nocturnos le estaban enseñando, donde la música estaba más viva y era más libre que en ningún otro lugar. A finales de octubre el pánico se adueñó de la ciudad. Los negocios comenzaron a hundirse; el dinero, que hasta entonces circulaba con fluidez, pareció desaparecer; muchas tabernas y clubes cerraron. György, para entonces ya el nuevo George, se asustó de su destino y recordó por qué estaba allí. En torno a la Navidad de 1929 George Trapolyi llegó ante la puerta de la casa de su hermana y llamó. La nieve cubría el viejo barrio de Georgetown, George Trapolyi tenía las botas cubiertas de barro.

Alma Trap estaba gorda. Eso fue lo primero que percibió George Trapolyi al ver a su hermana. Alma Trapolyi, su hermana Alma Trapolyi, estaba gorda, muy gorda, inflada.

Cuando Alma lo vio se echó a llorar. Se sintió descubierta en su desesperación. Se abrazó a él y por primera vez en su vida sintió que lo quería.

Alma Trap había encontrado comercios con chocolate muy cerca de su bonita casa y, sin saber cómo, había comenzado a comer chocolates de manera permanente, casi de forma natural como el que bebe agua, día y noche, noche y día. Mel, su marido, aparecía poco por casa, siempre envuelto en viajes y aventuras. La melancolía que había apreciado Adrian Troadec en sus cartas había arraigado en ella haciéndola navegar ahora a la deriva en un océano de recuerdos e insatisfacciones. El chocolate, sólo el chocolate, le devolvía la memoria de la felicidad.

La alegría de Alma Trap por la llegada de su
hermano György fue inmensa. Le devolvió la
vida. A la mañana siguiente, lo agarró del brazo
y se fue de compras con él por el viejo barrio. Se
compró un vestido nuevo y avisó a Becki para
salir esa misma noche.

Cuando Alma y George comenzaron a bajar
las escaleras del Joe & Mo's Club, George sintió
que volvía a estar en la Nueva York de sus últimos meses: suelo enmoquetado, paredes llenas
de cuadros con los rostros de los más famosos
músicos de los últimos años en dibujos, instan-
táneas y recortes de periódicos enmarcados; los
caballeros en severo esmoquin y las mujeres con
la elegancia desenfadada de los tiempos; humo
del tabaco, champán en las mesas y esa banda de
jazz con saxos, trompetas, trombones, batería,
un contrabajo y su piano negro de media cola.
Y en medio, en medio de todo, cantando tras su
micrófono, llenando el espacio de un aura mágica

e indescriptible, la más bella mujer que nunca le hubiera parecido ver a George: era Rebecca Sara Newton y cantaba en ese preciso instante una canción que decía: «Noche y día, día y noche, quiero estar haciendo el amor contigo».

Becki y George se casaron sólo dos semanas después.

Para sobrevivir no se les ocurrió otra cosa que actuar, George al piano y ella cantando recorrerían todo el país, si fuera necesario, hasta hacerse ricos. Ése fue su sueño. Actuaron, primero, por toda la Costa Este; después subieron a la zona de los grandes lagos y cantaron en Cleveland, Detroit y Chicago. Era finales de octubre de 1931, Al Capone acababa de ser detenido por fraude fiscal. Tampoco para ellos las cosas iban demasiado bien. Allí fue donde Becki tuvo su primer aborto. El dinero les daba, apenas, para sobrevivir. La sociedad americana estaba entrando en una gran depresión. En el tiempo en el que vivieron en Chicago, Franklin D. Roosevelt alcanzó la presidencia del país y prometió que ningún americano volvería a pasar hambre.

Las noticias de Europa eran inquietantes.
George comenzaba a preocuparse. En Alemania
había ardido el Reichstag y los derechos de expresión y reunión se habían suspendido por presión al presidente de su canciller Adolf Hitler.
Los precios habían caído en todo Occidente, el
paro comenzaba a ser alarmante.

Desde la ambición de Rebecca Sara Newton se percibía que ahora estaban en el lugar
equivocado. En Nueva York triunfaba la nueva
comedia musical de su amigo Cole Porter, *Any-
thing Goes*, en la que ella podía haber actuado.
Y en Hollywood triunfaba una pequeñaja como
Shirley Temple que cantaba, bailaba e interpre-
taba con el mismo desenfado que reconocía en
sí misma la propia Becki.

—Debemos llegar a San Francisco —se dijo.

33

Pero fue una decisión incorrecta porque Becki iba embarazada por segunda vez y habría de dar a luz a medio camino entre Omaha y Denver, donde no había pianos ni micrófonos y donde el calor y la luz de los escenarios eran absolutamente desconocidos para sus habitantes. Sólo cuatro meses después de tener a su primer hijo, Frank, el Medio Oeste fue sacudido por una sucesión de catastróficas tormentas de polvo que lo barrieron y destruyeron. Los fuertes vientos arruinaron las cosechas y mataron el ganado.

El pequeño Frank murió. Becki y George creyeron también morir de dolor. Ya ninguno recordaba sus buenos momentos del pasado ni era capaz de imaginar un futuro feliz. Era 1935. Entonces, se separaron. Él, como un animal herido, quería volver al hogar que ya no sabía dónde quedaba. Ella, como un animal herido, sólo quería seguir embistiendo hasta la muerte.

Siete meses después, George llegó de nuevo ante la casa de su hermana Alma en Washington. Cuando ella abrió la puerta se encontró a un hombre derrotado.

George tardó en recuperarse aunque nunca dejaba de pensar en Rebecca que, sólo con la distancia, había vuelto a recuperar en él el sentido de lo amado.

Alma Trap consiguió que lo contrataran como profesor de piano por horas en la Levine School of Music, donde ella había estudiado en los primeros años de su estancia en los Estados Unidos.

Allí se refugió del mundo entre jóvenes alumnos y un viejo piano Steinway.

La calma, recubierta de dolor, como un bombón de chocolate, se asentó en su vida. Alma y George Trap se refugiaron en la derrota, en la nostalgia y en la perplejidad de vivir una vida que nunca pudieron imaginar y que, sin embargo, estaban viviendo.

El 27 de mayo de 1937, mirando el televisor, Alma y George la volvieron a ver. Becki cantaba el himno nacional en la inauguración del Golden Gate en San Francisco. La mayor obra de ingeniería de ese momento, con más de once kilómetros de puente, estaba siendo inaugurada con la voz de Rebecca Sara Newton. En ese momento George se dio cuenta de que la había perdido para siempre.

Más de un año después de la partida de György Trapolyi a Estados Unidos, Lajos Trapolyi y Adrian Troadec no habían recibido la más mínima noticia de György o de Alma. Lajos y Adrian jugaban tediosas partidas de ajedrez que ya no les entretenían como antes. Ambos estaban cayendo en una callada desesperación.

Adrian Troadec sabía que no tenía ningún derecho a inmiscuirse en la vida de Alma Trapolyi, señora de Willman, y luchó por aprender a resignarse.

Lajos Trapolyi tenía entonces 51 años y estaba solo. La música y la dirección, su pasión a lo largo de su vida, por primera vez le eran indiferentes. Su trabajo, el ajedrez y su vida diaria le eran indiferentes. Sólo esperaba noticias de América.

37

Pero Adrian Troadec animado por la idea de que antes o después tendría que hacer un largo viaje a los Estados Unidos, y fiel a su forma de planificar las cosas a largo plazo, decidió que tenía que conseguir más dinero para semejante aventura y para todos los imprevistos que pudieran surgir en ella. Para esto, y lleno ahora de las nuevas energías que su sola pretensión le imprimía, decidió abrir en Ginebra y en Berna dos establecimientos más de su *Petit Chocolat Troadec.*

En menos de un año Adrian Troadec compró dos nuevos locales para sus nuevos comercios. Todas sus energías y pensamientos se habían volcado en sus proyectos intentando olvidar las amarguras del corazón.

En Rusia, Stalin había colectivizado la tierra, España proclamó la República y la ya llamada Gran Depresión iba asolando todo el continente. Los precios comenzaron a dispararse, las

monedas se devaluaban. De todas partes llega-
ban rumores de problemas sociales. Pero Suiza
parecía mantenerse como una isla virgen al
socaire de los malos vientos.

Sin embargo, el chocolate dejó de venir de
París.

Pero cuando los negocios le comenzaban a funcionar, Adrian Troadec fue llamado a filas. El Gobierno llamó a filas a todos los menores de 35 años por un periodo de tres meses. El sistema suizo se había establecido sobre la base de que todo el pueblo estaba permanentemente en periodo de instrucción, pero siempre habían sido unas pocas semanas al año. La situación de Alemania, especialmente con Francia, parecía no andar por buen camino. El 15 de marzo de 1936, días después de que los alemanes ocuparan Renania rompiendo el tratado de Versalles, cuando Adrian Troadec tenía 32 años, hubo de presentarse para participar en el más poderoso ejército europeo: la marina suiza.

Su vida ya nunca volvería a ser la misma.

Fue enviado a Kufstein en la frontera con Alemania, cerca de Múnich y Salzburgo. Allí, paradójicamente, vivió meses de tranquilidad y camaradería, donde compartiría su tiempo con sencillos compañeros. Allí conoció a Frank Peter Schweinberger con quien jugaría largas partidas de ajedrez; a Fabio Cidini, empedernido fumador y gran contador de historias; a Jorg Peter Merkel, gran payaso, con quien reiría en las noches de guardia; a Enric Letelier, amante de Bach que tocaba el violín todas las noches, y a Gregor von Herzen, silencioso amigo que amaba a sus amigos con la mirada. Todos ellos murieron espantosamente en una absurda emboscada alemana que estuvo a punto de provocar un conflicto internacional que, ruinmente, luego, se silenció y de la que él, años después, sólo recordaría su cobardía: agazapado en la cocina oyó los gritos de la entrada salvaje; oyó los disparos acelerados de la metralleta; oyó el ruido seco de sus compañeros al caer; oyó los gritos enloquecidos del alemán y, sobre todo, oyó su silencio.

En la partida que jugaba con la vida, sus mejores peones habían caído en una sola jugada.

Adrian Troadec perdió la consciencia por el shock y no la recuperó durante meses. Cuando comenzó a comprender de nuevo que seguía vivo, y desolado, estaba viviendo en la casa de Lajos y durmiendo, paradójicamente, en la que fuera la cama de Alma. Su olor le devolvió a la vida.

41

Cuando Hitler entró en Viena, Alma Trap y su hermano George oían las noticias desde la vieja casa de Georgetown en Washington. Sabían que era el principio del fin para Suiza. Pensaron en su padre, del que no tenían noticias desde hacía años, y Alma se descubrió pensando en Adrian. Adrian Troadec.

Sólo dos días después, Alma fue visitada por un sargento que le traía una nota de pésame del general Taft: Mel Willman había muerto.

Alma, entonces, lloró. Pero sólo por ella.

El 3 de septiembre de 1939, el día en que se declaró el comienzo de la Segunda Guerra Mundial, Rebecca Sara Newton golpeó en la puerta de los hermanos Trap.

George sólo acertó a ver sus delicados labios y sus ojos luminosos en los que él leyó «vuelvo a ti». Pero lo que no leyó, aunque era más evidente, es que Becki venía embarazada.

El 29 de febrero de 1940, el día en que se estrenó *Lo que el viento se llevó*, nació Eleanor, hija de un falso productor cinematográfico y de la cantante y hasta entonces ascendente estrella de cine Rebecca Sara Newton, Becki Newton.

George Trap lo tenía asumido desde hacía cinco meses, veintiséis días y siete horas: si no quería perder nunca más a Rebecca, aquélla debía ser su hija. Sería su hija Eleanor. Eleanor Trap.

Rebecca descubrió un tipo de felicidad más mansa que la de sus largos viajes y divertidos conciertos. George daba clases de piano y Alma vivía de la pensión militar de su marido y tocaba en la pequeña orquesta de la Escuela. Eleanor crecía con alegría en un sencillo hogar americano.

Pero en Europa, en mayo, el ejército alemán invadía Holanda y Bélgica; en junio, Francia se rendía a Alemania, y la Torre Eiffel, aquella que contemplara con admiración el joven György Trapolyi a su paso por París en aquel viaje sin regreso, luciría la esvástica nazi; en septiembre, Londres sería duramente bombardeada por primera vez; un año después, el 10 de mayo, quinientos cincuenta aviones arrojarían miles de bombas sobre la ciudad destruyéndola casi por completo; en junio los alemanes invadirían Rusia; por fin, el 7 de diciembre de 1941 los japoneses atacarían Pearl Harbor.

La Segunda Guerra Mundial había comenzado.

Alma, George y Rebecca veían su mundo desmoronarse.

44

Alma Trap no podía soportar ni la inactividad ni el papel tan absurdo que le quedaba a la música clásica en tiempos de guerra y por eso se enroló en el Cuerpo de Enfermeras Voluntarias de la Cruz Roja. Allí se dio cuenta de que había vivido entre algodones y de que no estaba preparada para aceptar la realidad. Cada noche, cuando se encerraba en su habitación, lloraba.

Alma soñaba con volver a casa, imaginaba una vida feliz con Adrian, del que no sabía nada desde hacía años, pero la guerra impedía los sueños. Alma comprendía que se estaba replegando, que no quería seguir adelante, que sólo quería volver a atrás, al cobijo de sus recuerdos. Esto era —se dio cuenta— el enroque de dama.

Todos los sueños se habían detenido en el mundo. Los años de la guerra sólo permitían espacio en el pensamiento para concentrarse en sobrevivir.

De su vida diaria de coser a jóvenes destrozados por la guerra, a Alma lo único que le daba verdadera satisfacción era jugar con su sobrina Eleanor.

Pero Eleanor cayó enferma.

Eleanor pareció pasar una gripe con fiebres altas durante toda una semana. No sólo Becki y George estaban preocupados; Alma, secretamente, pensaba que ella era la culpable: su trato con los enfermos en el hospital había podido ser la causa. Pero Eleanor mejoró.

Ocho días después Eleanor volvió a tener fiebre y vómitos. Una mañana, su madre, Rebecca Sara Newton, se dio cuenta de que Eleanor no podía mover ni las piernas ni apenas los brazos.

En el verano de 1944, cuando los norteamericanos comenzaban a recibir las primeras noticias de que los ejércitos aliados habían conseguido desembarcar en las playas de Normandía, la niña de cuatro años Eleanor Trap fue diagnosticada de inflamación de la médula o parálisis infantil.

Alma pensó que la vida no se justifica si un niño tiene que sufrir.

Alma Trap dejó el hospital sólo para dedicarse a su sobrina, llevada por un lacerante sen-
timiento de culpa: su pretendido acto heroico de
ayudar para entretenerse no le había traído más
que dolor. Rebecca Sara Newton cayó en una
angustia crónica que le impedía actuar. George
Trap consiguió aislarse en su mundo. En definitiva —pensó—, aquélla no era su hija.

Alma Trap decidió no rendirse. Habló con
médicos y enfermeras y descubrió que aquélla
estaba siendo una enfermedad más habitual de
lo que en principio se creía: cientos de niños
de entre cuatro y quince años la padecían. Algunas enfermeras habían logrado grandes avances
en los enfermos aplicándoles calor sobre los
músculos y con ejercicios en las extremidades
afectadas, ya fuera de manera pasiva o activa.

La pequeña Eleanor sufría dolores de cabeza y de espalda y frecuentemente se orinaba
encima. Alma Trap observó que nunca había

tenido más fuerza y más constancia que en aquella época ante la enfermedad de su sobrina. Eleanor pareció alimentarse de esa energía, reforzó también su incipiente carácter y en sólo siete meses pudo volver a caminar por sí sola.

Las piernas delgadas, fibrosas, y una leve cojera en la pierna derecha ya no le abandonarían de por vida. El amor por su tía Alma, tampoco.

Años después, Alma se enteraría de que las transmisoras de la enfermedad no eran las enfermeras, como se temía, sino las moscas. Pero entonces ya nadie pudo devolverle los años de angustia.

En mayo de 1945 la guerra en Europa terminó, aunque el frente de los norteamericanos contra los japoneses seguía abierto.

El día 6 de agosto, los norteamericanos lanzaron una bomba sobre la ciudad japonesa de Hiroshima que mató al instante a ochenta mil personas. Tres días después repitieron la acción sobre la ciudad de Nagasaki matando, esta vez, a sesenta y cinco mil personas.

Cuando el 14 de agosto se conoció la rendición de Japón, la gente se echó a la calle en la ciudad de Washington: Becki, George y Eleanor se abrazaban, gritaban y reían. Alma pensó en su marido Mel y en la locura de la guerra.

Más de cincuenta y cinco millones de personas murieron de manera directa o indirecta a causa de esa guerra: la Segunda Guerra Mundial.

Adrian Troadec, durante la guerra, se defendió con sus ahorros. Aunque su pretendida ampliación del negocio no llegó a consolidarse, sí consiguió poner en funcionamiento un pequeño horno con caldera con el que empezó a fabricar y abastecer su pequeño comercio.

Mientras, la vida en Europa estaba absolutamente trastornada. Por Suiza pasaban ciudadanos de todo el mundo: alemanes descontentos con el régimen y la guerra, judíos que huían de las persecuciones racistas, franceses que escapaban del régimen nazi, españoles derrotados en la guerra civil, italianos de todo el espectro, izquierdistas primero y fascistas después, y toda clase de gentes de todos los países que venían a cobijarse del mundo en guerra.

Una mañana de 1941, apareció en la puerta de su comercio Lajos Trapolyi con una joven violinista albanesa llamada Elena Petroncini.

Elena Petroncini llevaba dos años huyendo desde la toma de Albania por las tropas de Mussolini. Ella era hija de Victor Petroncini, un viejo, romántico e ingenuo militar italiano que llegó a Shkodra, ciudad natal de Elena Petroncini, en el norte de Albania, siendo un joven idealista y soñador, durante la Primera Guerra Mundial. En noviembre de 1912, los italianos, apoyando al imperio austro-húngaro tomaron esa parte del país contra los griegos, que se hicieron con el sur, para asegurarse la independencia de Albania y facilitar su penetración en los Balcanes. Victor Petroncini, durante la toma, conoció a Muradije Ramiqi, intelectual, poeta, pintora y mujer rebelde, que quedó fascinada por la paradójica personalidad de un hombre ingenuo y candoroso y, a la vez, aguerrido y robusto. Muradije Ramiqi con una sola mirada le dejó claro que tendría que desertar y quedarse en Albania para siempre.

Victor Petroncini supo en ese momento que no tenía elección. Tiempo después diría: «Era más peligroso abandonarla a ella que a todo mi ejército con sus generales».

Elena Petroncini salió de Albania con un pequeño zurrón donde sólo había una muda para tres días y, envuelto en un trapo, un viejo violín vienés de la antigua casa Tim que llevó a Shkodra un violinista italiano en tiempos del bajá Alí de Ioannina a principios del siglo XIX.

El violín que llevaba en su bolsa de tela Elena Petroncini había comenzado su vida en Viena en 1770; participó en el estreno de *Las Bodas de Fígaro* sólo 16 años después; viajó a la Venecia napoleónica en 1797, donde fue adscrito al Conservatorio para Niños Huérfanos de Santa María di Loreto. Allí cantó la obra de Vivaldi, Marcello y Pergolesi; durante los inestables años de poder napoleónico llegó a Roma, donde fue olvidado durante más de doce años hasta la proclamación de Roma como ciudad libre e imperial en 1809.

Ésos fueron los grandes años del violín de la antigua casa Tim de Viena: participó en las grandes óperas de Rossini: *L'italiana in Algeri*, *El Barbero de Sevilla*, *La Cenerentola*. Pero en 1818 su dueño murió y fue vendido a un antojadizo y aventurero músico que se lo llevó consigo a Shkodra, la antigua capital albanesa, donde fue empeñado hasta que lo compró, 19 años después, Alí Ramiqi, el abuelo de Muradije Ramiqi, que lo hizo pasar de generación en generación hasta Elena Petroncini, que ahora lo llevaba en su zurrón.

Elena Petroncini no sabía dónde ir. Había que huir, pero no había adónde. Italia era su enemiga; Grecia tenía una dictadura e Italia amenazaba con invadirla, como así hizo poco después; más al sur, las mujeres no tenían derechos y la música clásica no existía; Yugoslavia estaba en un proceso de nazificación interna; y Bulgaria vivía en una continua inestabilidad soportando la tensión entre los partidarios de Alemania e Italia, por una parte, y la URSS por otra.

No obstante, huyó. Se puso como objetivo Viena, la Viena de su violín, la Viena Imperial donde la música reinaba. Cruzó Yugoslavia a pie, llegó a Bulgaria, entró en Rumanía y cuando estaba a punto de pasar a Hungría, última escala en su viaje hacia Austria, todo el país fue tomado por la Wehrmacht, la guardia de hierro alemana que asesinaba a judíos y políticos para controlar el poder y para quien todo extranjero era un enemigo. Allí, Elena Petroncini, cobijándose en una granja abandonada, cayó enferma. Ella pensó que jamás volvería a recuperarse y se entregó a la muerte.

Nicolai Faurenau, un judío rumano de antepasados suizos, la encontró moribunda y, pensando que también era una judía que huía, la cuidó y la llevó en un pequeño carro a través de Hungría y el sur de Austria durante más de nueve semanas en dirección a Suiza, la tierra de sus sueños.

En los Alpes, Nicolai también pensó que iba a morir. El penco que tiraba del carro apareció muerto una mañana, la moribunda desconocida seguía débil y sin poder ponerse en pie, y a él ya no le quedaban fuerzas.

Entonces, Nicolai y Elena se encontraron con un grupo de gitanos que huía de Austria también en dirección a Suiza. Él les pidió ayuda y ellos decidieron no dársela: cruzar los Alpes con enfermos era un lastre y un riesgo innecesario.

Pero Béla Cuza, el mayor de la familia, vio sobresalir de entre los trapos de la enferma el mástil del violín vienés de la antigua casa Tim que Elena llevaba consigo y, tomándolo, enderezó su puente torcido, lo afinó y, acariciando sus cuerdas con el arco, tocó.

Fue un momento de paz en la Europa en guerra.

Paradójicamente, Elena Petroncini sobrevivió el cruce de los Alpes, pero Nicolai Faurenau amaneció muerto tras una dura noche de bajas temperaturas. Elena Petroncini nunca llegó a cruzar una sola palabra con el hombre que le había salvado la vida y la había llevado a una tierra en libertad. Cuando ella comenzó a tomar conciencia de que seguía viva pensó que aún estaba en tierras rumanas, pero vivía con gitanos austríacos de procedencia rumana en tierra libre de Suiza.

Al despertar a la vida, al sentirse con una nueva oportunidad de vivir, bajó a la ciudad más próxima, buscó una orquesta y conoció a Lajos Trapolyi. Él la llevó a Adrian Troadec.

Adrian Troadec la cobijó en el sótano de su *Petit Chocolat Troadec* y comprendió, desde que apareció en la puerta de su pequeño comercio, que sus días de soledad habían terminado.

Mientras el mundo andaba en guerra, Adrian y Elena vivían en amor.

Adrian Troadec tenía 37 años, Elena Petroncini 21. Para ambos el amor era una experiencia nueva a la que se entregaron sin contención, sin mala conciencia, sin remordimientos, sin reservas. El mundo se mataba y ellos, en el sótano de la *Petit Chocolat*, se acariciaban, se abrazaban, se amaban, sin oír sus dolorosos pasados ni el fragoroso presente que les rodeaba.

Para Adrian Troadec el sabor del amor volvía a mezclarse con el sabor del chocolate. Para Elena, amor y chocolate serían ya siempre una misma cosa.

El 8 de diciembre de 1941 Elena y Adrian se casaron en la pequeña iglesia de Santa Marta en Aix-en-Provence. El padrino de la boda fue Lajos Trapolyi. Adrian y Lajos se miraron. Los recuerdos les arañaban el alma. No sabían que Mel Willman, el marido de Alma, había muerto hacía ya más de tres años. Tampoco sabían que el día anterior los japoneses habían atacado Pearl Harbor y que ese día, a esa hora, Franklin Delano Roosevelt se dirigía por radio a su país y al mundo para comunicar que Estados Unidos de América había entrado en guerra.

Adrian y Elena comenzaron a vivir una vida sencilla de amor, rutina y miedo a la guerra y sus consecuencias, hasta que en octubre de 1944 llegó un mensaje que cambió sus vidas: el alto mando militar norteamericano, recién desembarcado en Francia, le hacía un encargo para elaborar diez mil tabletas de chocolate cada dos semanas. El pago sería siempre al contado y el contrato podría durar al menos seis meses. Adrian sabía que no podría conseguirlo.

Pero lo hizo.

En sólo tres meses de trabajo constante, tras alquilar una enorme nave y poner a trabajar a más de veinte personas que no sabían lo más mínimo de chocolate, consiguió hacerse uno de los hombres más ricos de la zona, pasando de la subsistencia a la opulencia.

Al final, la guerra, a él, sólo le había traído felicidad.

Eleanor vivió sus siguientes años como una niña feliz. Su madre había vuelto a cantar tras la guerra, siempre acompañada por su padre. Y su tía, en paz consigo misma y con gran dedicación hacia ella, volvió a la lectura sosegada de novelas de amor francesas y a tocar el violonchelo.

Alma intentó pacientemente enseñarle a tocar, pero Eleanor sólo quería correr, moverse inquietamente como queriendo demostrar que su cojera no afectaba a su vitalidad. Pero un día, Alma consiguió que se quedara quieta: «Déjame que te lea este libro», le dijo. Y la sentó a su lado y, señalando la línea, comenzó a leer diciendo: «Alicia empezaba a estar harta de seguir tanto rato en la orilla, junto a su hermana, sin hacer nada».

No hizo falta que su tía terminara de leerle aquel libro. Lo hizo ella por sí misma. Y después de ése vino otro y otro y otro. Leyó *Las aventuras de Tom Sawyer*, de Mark Twain; *Robinson Crusoe*, de Daniel Defoe; *La isla del tesoro*, de Robert L. Stevenson; los *Viajes de Gulliver*, de Jonathan Swift; *Peter Pan*, de J. M. Barrie; *Cinco semanas en globo*, de Julio Verne; *El barón de Münchausen*, de Rudolf Erich Raspe; *Capitanes intrépidos*, de Rudyard Kipling; *Vida privada y pública de los animales*, de J. J. Grandville, y el *Libro de las Maravillas*, de Marco Polo. Eleanor creció embebida por estas lecturas y se dio cuenta de que todas tenían entre sí algo en común: todas mostraban que viajar es maravilloso.

Y Eleanor ya no tuvo otro planteamiento para su futuro más que el de viajar.

—¿Cómo es Europa? —le preguntó una vez Eleanor a su tía Alma.

—Antigua —le dijo.

Eleanor fantaseaba con visitar la tierra de sus abuelos. Comenzó a preguntarle a Alma por ellos, por su antigua casa, por sus paisajes, por sus amigos, por su colegio, por sus recuerdos. Preguntó y preguntó hasta despertarle la nostalgia de tal modo que un día Alma sorprendió a todos diciendo:

—Me vuelvo a casa.

Era mayo de 1954. Eleanor Trap tenía 14 años. La partida de su tía Alma la dejaba sin referente vital cuando más empezaba a necesitarlo. Alma Trap tenía 48 años, se sentía derrotada por la vida, una vida que ahora consideraba absurdamente vivida.

Becki, George y Eleanor fueron al aeropuerto a despedirla. La última en abrazarla sería su sobrina Eleanor. Nunca más se volverían a ver.

Era mayo de 1954, la segregación racial acababa de ser abolida en los Estados Unidos.

La riqueza y el exceso de trabajo para conseguirla trastornaron al matrimonio Troadec. Adrian se dedicó en los primeros meses de su acuerdo con los americanos a cumplir con los pedidos. Debía hacer funcionar la fábrica: conseguir las materias primas, elaborarlas y transportar el chocolate hasta la frontera con Francia. Nada de eso existía, todo lo tuvo que crear. Y cuando Adrian vio que lo había creado, que había construido y puesto en funcionamiento todo un gran proyecto empresarial que implicaba a más de cuarenta personas y sus familias, que les daba ocupación y dinero, y que colaboraba en su felicidad, se sintió bien. Construir, crear, le reportó la mayor de las satisfacciones de su vida. Y entonces comprendió por qué su mujer Elena comenzaba a sentirse abatida.

Cinco años después de su matrimonio, Elena no había conseguido quedarse en estado.

Se sentía seca, inútil. Lejos de su marido por su trabajo, lejos de su familia por la distancia y lejos de la vida por su infertilidad. Su madre, pensaba, su pujante madre, intelectual y rebelde, se sentiría decepcionada de verla hundida por un tema tan poco espiritual. Pero ella no podía evitarlo.

Elena Petroncini seguía tocando sin ilusión en la Orquesta del ya anciano maestro Lajos Trapolyi y despachaba por las mañanas en la *Petite Chocolaterie*. El contacto continuo con el chocolate la hizo una adicta. Había veces que comenzaba por probar un solo bombón de una bandeja y ya no podía parar de comer hasta acabarla. El chocolate la estimulaba, le levantaba el ánimo. A ella le gustaba la sensación de la textura cremosa en su boca, su sabor dulce, su olor. Pero después le atacaba un estado de mala conciencia doloroso que le hacía odiarlo. Por la noche se descubría deseándolo con una fuerza irrefrenable que la hacía levantarse de la cama para ir a por más, tomar una caja y terminarla de una sola tacada. Luego vomitaba sin parar y se sentía aún peor. Los días en que se planteaba no sucumbir a la tentación, sufría dolores de cabeza, un enorme cansancio y una gran somnolencia.

No relacionó su adicción al chocolate con su estado de apatía hasta que su médico la mandó a un especialista en trastornos del comportamiento llamado Helmuth Löffler.

Helmuth Löffler era un arribista psiquiatra judío procedente de la muy en boga escuela vienesa de Sigmund Freud, cuarentón y amante de la música, que comenzó a tratar a Elena Petroncini y de quien acabó siendo su confidente y amante. Helmuth Löffler empezó por estudiar la historia personal de Elena con sesiones de sosegada conversación sobre su infancia que le hicieron mucho bien. Y tras unos meses, él diagnosticó una neurosis basada en los celos que el mundo intelectual al que su madre estuvo entregada durante la niñez de Elena le producía y que ahora ella, en cierto sentido, había repetido con su acto emancipatorio de dejar su tierra y su vida por sus propias ilusiones.

Elena no tenía certeza de que aquello fuera verdad, pero le gustaba sentirse escuchada por alguien, aunque tuviera que pagar.

Helmuth Löffler comenzó a suministrarle cocaína para que desinhibiera sus represiones infantiles, para sosegar sus ataques de gula y para obtener sus favores sexuales.

Elena Petroncini apareció ahogada en el lago Leman una mañana de diciembre de 1949. Tenía 29 años.

La autopsia mostró que Elena Petroncini se había quedado embarazada del doctor Löffler sólo tres semanas antes.

Por aquellos días, miles de alemanes del Este huían hacia la Alemania Occidental. En Estados Unidos Gene Kelly cantaba *New York, New York* en los grandes cines de la capital.

El suicidio de Elena Petroncini volvió a hundir a Adrian Troadec como en los meses posteriores al asalto al cuartel de Kufstein. Él, una vez más, por omisión, se sentía responsable de lo ocurrido. «Ahora —pensó— se había quedado realmente solo. Y para siempre».

Pensar en su soledad, y no en el dolor que su abandono le había producido a ella, le hizo sentirse aún más mezquino.

Cinco años después, Alma Trap llegó a la entrada de su vieja casa en Lausanne. Era un mayo luminoso y la puerta estaba abierta. Entró hasta el salón y vio a su padre y a Adrian jugando al ajedrez como si nada hubiera pasado en los últimos veintiséis años. Ellos levantaron la mirada del tablero. Todos se reconocieron extraños. Lajos Trapolyi tenía 68 años; Adrian, 50; y Alma, 48.

Alma tenía la íntima convicción de que su padre habría muerto. Y sin embargo estaba allí, recio y fibroso, como lleno de una energía sobrehumana. Adrian tenía un canoso bigote que en nada modificaba su antigua cara. Alma tenía el pelo corto con las puntas redondeadas hacia arriba y veinte kilos más.

El tiempo transcurrido que se veía en los tres rostros le mostraba a cada uno su propia decadencia física. Comprendían que cada uno de ellos debía de estar tan viejo como el cansancio que procedía de la mirada opuesta. Era la vida, con sus heridas, la que se exhibía en aquellos lienzos.

No obstante el tiempo y el cansancio, los tres se sintieron inmensamente felices.

Alma pensó lo fácil que era ser feliz y lo difícil que ella se lo había puesto a la vida.

64

Alma y Adrian pasearon por la orilla del lago. Se resumieron sus vidas en tan sólo unos minutos. Alma habló de Mell, de Rebecca, de George, de la guerra y de Eleanor. Adrian le habló de Lajos, de la guerra y de Elena. En sólo unos minutos comprendieron todo el dolor por el que cada uno había pasado. Adrian, por fin, cansado de sus estrategias de conquista a medio y largo plazo, sintiéndose espoleado por la premura del tiempo que ya se le escapaba entre los dedos, la miró a los ojos y le dijo:

—Alma, siempre te he querido.

—Siempre lo supe —contestó ella.

Y en un acto de entrega, de claudicación definitiva, de abandono a sus sueños largamente amasados, Alma tomó las manos de Adrian entre las suyas y lo miró. Tanto Adrian como Alma sintieron como si llevaran treinta años conviviendo, como si fueran un viejo matrimonio que se entrelaza las manos, un sencillo gesto de cariño después de los años. Tan asentado estaba su amor en el corazón de cada uno de ellos.

Alma había llegado a Lausanne justo a tiempo para asistir al último concierto de su padre Lajos al frente de la Orquesta del Conservatorio después de ser su Director durante 35 años. Lajos siempre había soñado con obtener una plaza de titular en una de las grandes orquestas del entorno: la Suisse Romande de Ginebra, la Orquesta de la Scala de Milán o la Filarmónica de Viena. Y aunque consiguió dirigir esporádicamente la Orquesta del Kursaal de Montreux y la Orquesta Suiza francesa que fundara Ernest Ansermet en su sede de Lausanne nunca sería propuesto en firme como titular. Sin embargo, su trabajo con los jóvenes talentos le satisfizo en una vertiente que las grandes orquestas no podían darle: la de trabajar con músicos que todavía tenían ilusión.

Y aunque no pudo abarcar el gran repertorio sinfónico en su totalidad, llegó a muchas de las grandes obras con las que todo director sueña alguna vez: se solazó en Bach y dirigió su *Magnificat*, su *Gran Misa en Si menor* y su *Pasión según San Mateo*, vibró con el *Réquiem* de Mozart, batió el aire con Beethoven y su *Quinta Sinfonía*, y acarició el sonido con el *Réquiem* de Fauré. Le quedaba el sueño de dirigir el *Réquiem Alemán* de Brahms, que eligió para su despedida. Porque eso era el *Réquiem Alemán*, una dulce y serena despedida, una confiada entrega a una transformación para la cual la muerte no era más que una absurda puerta que flanquear sin miedo, aunque con nostalgia.

Lajos dirigió sentado en una banqueta alta. Sus delgados brazos parecían moverse como el lento vuelo de una gaviota, por una vez la música no pareció salir de él sino ser él mismo.

Lajos Trapolyi, sin enfermedad específica alguna, murió tres días después de su despedida del escenario.

Si no podía dirigir, no tenía sentido seguir viviendo.

Alma comenzó a sentirse sola y extraña en la casa de su padre, en la casa de su niñez. Lajos había ido construyendo su propio nido, personal, singular e intransferible. Toda la casa hablaba de conciertos, de música, de literatura y de ajedrez. Toda la casa hablaba de pequeñas manías, lugares recónditos con un uso propio para una cosa específica, hablaba del orden que un hombre acostumbrado a mandar, y a crear había impuesto a su entorno. Hablaba de él, sólo de él. Era el gran mausoleo Lajos. Y cuando ella caminaba entre sus cosas, su tablero de ajedrez con dos sillones de oreja enfrentados, su viejo piano de cola negro, sus cuadros, sus carteles enmarcados de sus conciertos, sus fotos con grandes intérpretes o con sus amigos, su estantería de libros en nogal recio, Alma sentía que paseaba por el museo Lajos de Lausanne.

Se planteó la posibilidad de irse a vivir con Adrian, y en una de sus visitas evaluó sus sensaciones. Adrian notó una mirada distinta aquella tarde, evaluadora, escrutadora, examinadora. La casa de Adrian era grande pero sencilla, una bonita casa suiza con vistas al lago Leman, con jardín y flores, pero su interior combinaba el orden de un jugador de ajedrez, la cabalidad de un rico empresario y el toque femenino de una mujer que la dispuso a su gusto hasta el más mínimo detalle. En el salón, al otro lado de la mesa de ajedrez, un atril alto frente a un espejo, y en una mesita un violín arropado por un leve paño. Alma no pudo evitar el sentirse celosa. Contemplar aquel violín era como contemplar el alma de alguien que aún no había dejado ese lugar.

«Nunca podría vivir aquí», se dijo.

Y Adrian se dio cuenta. Adrian comprendió que todo era una profanación, que los lugares no son neutros, que no permiten la injerencia de cuerpos extraños, que los espacios se amoldan a sus inquilinos y que cada modificación que ella hiciera sería como un estallido en medio de una callada sinfonía de Mozart.

Adrian miró su cama, la cama de matrimonio, la gran cama junto al ventanal desde el que se veía el Mont Blanc y el lago Leman con sus brumas matutinas, la cama que había sido de otra mujer, la cama que había sido de otro amor. «Nunca podrá vivir aquí», se dijo.

Y sin pensárselo dos veces le soltó: «Construyamos nuestra propia casa».

El domingo 17 de abril de 1955 Alma Trapolyi y Adrian Troadec se casaron y se fueron a vivir a su nueva casa. La llamaron «Los años perdidos».

El día siguiente moriría Albert Einstein en Princeton, Estados Unidos. Marilyn Monroe terminaba de rodar *La tentación vive arriba*.

El violín de la antigua casa Tim de Viena fue guardado con su estuche en el sótano de la nueva casa. Arriba, ahora, el grave sonido del chelo inundaba todas las habitaciones.

Alma Trap le escribió una dulce carta a la joven Eleanor Trap diciéndole que se había casado con Adrian Troadec y que ahora, por fin, era feliz.

«Cuando seas mayor tienes que venir a conocer esta tierra, la tierra de tus padres, la tierra más bella del mundo, y a mi querido Adrian», le escribió.

Alma Trap se sintió bien tras escribir aquella carta, imaginó que se dirigía a su querida hija que vivía lejos. Tomó su bicicleta y bajó a la oficina de correos. Tras dejar la carta en la estafeta, Alma Trap tuvo un accidente con su bicicleta y murió al instante de un fuerte golpe en la cabeza.

Casi un mes después, cuando Rebecca, George y Eleanor recibieron la carta, celebraron su boda con champán, se rieron y se abrazaron. Para entonces, Alma llevaba enterrada ya veinticinco días.

Adrian pensó en el suicidio. No como un hecho cruento ni como una vengativa y desesperada acometida contra la vida, sino como una simple desconexión, un acabar ahí mismo, un dejar de gozar y de sufrir, una asunción de que ya había visto suficiente, de que ya había vivido suficiente. Pero en el entierro de Alma, viendo allí presentes a todos los trabajadores de su fábrica, colaboradores con los que había puesto en pie un proyecto que les había unido y dado vida durante tantos años, gente con la que había construido un devenir, se dio cuenta de que Alma, al contrario que ellos, que eran una realidad, no había sido más que un producto de su imaginación con el que llenar las nostalgias en los días de lluvia, un bálsamo, un anestésico ante la soledad. Y volvió a llorar porque se supo de nuevo solo. Solo y sin esperanzas de compañía.

Entonces, recordando que tras la muerte de sus amigos vino Elena y que tras la muerte de

Elena vino Alma, pensó que todavía podían ocurrirle nuevas cosas que llenaran su vida de sentido. Y por curiosidad, sólo por curiosidad, decidió seguir viviendo.

Eleanor Trap tenía 15 años cuando su padre recibió una carta de Adrian Troadec diciéndole que Alma había muerto.

Eleanor Trap no lloró, porque hacía casi dos años que no la veía. Y dos años para la joven Eleanor Trap era mucho tiempo. Sólo le preocupó el pensar que ya no tendría excusa para viajar a Europa cuando fuera mayor.

Rebecca sí lloró. Lloró mucho. Había muerto su amiga, su amiga Alma Trap.

George Trap se encerró en un largo silencio que le duró varios días. Se avergonzaba de no saber ponerse triste como su mujer y llorar, de no sentir dolor por aquella muerte lejana. Sólo sintió miedo. Miedo a perder la vida tan de repente, miedo ante la comprensión de que su vida también debía acabar, como la de ella. Que ya no eran los mayores los que morían, que ahora les tocaba a ellos.

Eleanor, llevada por un infantil plan, no quiso rendirse a la pérdida de la posibilidad de su viaje, y decidió escribir a su tío Adrian. Adrian Troadec.

Escribiéndole, y sólo por adulación interesada, comenzó a decirle lo mucho que ella había significado en su vida. Y entonces se dio cuenta. Se dio cuenta de que había sido su verdadera madre, su gran amiga, su modelo, la persona que le había hecho creer en ella misma. Y entonces sí, se puso a llorar. Mojó el papel con su llanto y terminó la carta diciendo: «Querido tío, comencé esta carta sólo para que supieras que existo y para que algún día me invitaras a visitar Europa, pero escribiendo sobre la tía Alma me he dado cuenta de que soy una niña egoísta que nunca se ha parado a pensar en lo que los demás han hecho por ella. Perdóname. Ahora sé que quise mucho a tía Alma y comprendo mejor tu dolor. Escríbeme».

«Escríbeme», le dijo al final de su carta Eleanor Trap a su tío Adrian Troadec. Y Adrian comenzó a escribirle y ya nunca dejó de hacerlo hasta que ella llegó.

Eleanor comenzó por contarle que cada día se sentía más distante de sus padres, que no la comprendían ni a ella ni a su mundo. Las canciones que cantaban y tocaban sus padres le parecían anticuadas y sosas. Ahora ella cantaba y bailaba el nuevo estilo, el *rock and roll*, vestía de manera que los escandalizaba y asistía continuamente a fiestas que sus padres le reprochaban. Ellos le hablaban de tiempos anteriores, de las dificultades de la vida, de la guerra, de los sueños rotos por no planificarse. Ella no quería saber nada del pasado. Sólo quería pasárselo bien.

Y Adrian nunca sabía qué responder, nunca había sido padre, no había pasado por un tiempo de adaptación para conocer a las jóvenes de quince años y comprendía que el mundo en el victorioso Estados Unidos debía de ser muy distinto al de su apacible Suiza natal.

Primero optó por no responder a sus rebeldías con consejos ni reproche alguno. Adrian escribía bucólicas cartas describiendo su tierra y sus paisajes. Eleanor comenzó por no darle demasiada importancia a estas cartas, aunque le hacía ilusión recibirlas desde Europa a su nombre. Se las enseñaba a sus amigas y a veces inventaba que él era un admirador europeo que le escribía.

Pero lo que para los dos estaba siendo un ejercicio banal de escritura comenzó a convertirse en algo más.

Eleanor se fue enganchando al ejercicio de la escritura. Más que cartas aquello era su diario enviado a un extraño. Escribir comenzó a producirle placer, un placer íntimo y silencioso, un recogimiento donde se encontraba consigo misma a solas y que le daba una paz que hasta ahora nunca había conocido. Adrian comenzó a ser para ella un personaje mítico, un hombre maduro y solitario que la oía, a mitad de camino entre un padre comprensivo y un novio ideal. Fantaseaba y escribía durante horas contándole con su letra de niña alocada y con sus faltas de ortografía adolescentes, hasta el más mínimo detalle de sus pequeñas aventuras, de las discusiones con sus amigas, de los chicos que le gustaban y de su inseguridad por culpa de la pequeña cojera. Pero, ahora se daba cuenta, todas las lecturas que había hecho durante su infancia, aquellas que comenzaron con el impulso de su tía Alma, le daban una cierta facilidad para elaborar ideas y contarlas por escrito que reforzaba su placer.

Adrian comenzó a comprender lo que ocurría. Y lo alentó. Lo alentó porque sabía que, escribiendo, Eleanor pensaba. Y eso era bueno. Y lo alentó porque empezó a planear la posibilidad real de que ella fuera a Suiza, viviera en su casa, sola o con familia, y fuera su compañía durante la vejez. Era, de nuevo, un plan a largo plazo. Como los planes que a Adrian Troadec le gustaba preparar.

Pero el 26 de septiembre de 1957 Eleanor le escribió una carta a su tío Adrian diciéndole que se iba a suicidar. En una fuerte discusión con su padre, que se oponía a sus continuas salidas a bailes y fiestas, él le dijo que le daba igual lo que ella hiciera porque, en definitiva, él no era su padre. Eleanor sintió que el mundo se derrumbaba a sus pies. George había sido muy importante para ella, la había querido y se había preocupado mucho por su educación y ella llevaba su apellido y su madre, ahora, le parecía una zorra falsa y mentirosa. Si la familia había sido una fingida escena teatral, una gran mentira, qué podía ser el mundo, se preguntaba Eleanor.

Era jueves. El 26 de septiembre de 1957 era jueves. Eleanor terminó de escribir la carta, la cerró y la llevó a la oficina postal de Georgetown. Una vez allí, siguió caminando en dirección al río Potomac, sólo dos calles más abajo.

Bordeó su orilla en un largo paseo y finalmente llegó hasta el puente Lincoln desde donde contempló el cauce que habría de ser su último lecho.

Esa noche, en Nueva York, Leonard Bernstein estrenaba *West Side Story*.

Cuando Adrian Troadec recibió esta carta casi un mes después tuvo la absoluta seguridad de que ella vendría pronto junto a él. Sabía que existiendo tío Adrian y el sueño de visitar Europa ella no se habría suicidado. «El suicido —pensó— es sólo la última salida cuando no hay otra forma de escapar». Pero esta vez la había, la salida era escapar viajando. La salida era él.

Y no se equivocó. Sólo dos días más tarde le llegó otra carta de Eleanor en la que le pedía perdón por el terrible susto que le había debido de dar. Le contó que fue a reclamar la carta a la oficina de correos para que no le llegara cuando decidió no acabar con su vida sino comenzar otra junto a él en Europa si él se lo permitía, pero le fue imposible recuperarla. Que había vivido noches de angustia pensando en la desesperación de él y que se había sentido terriblemente culpable.

Adrian Troadec leyó la carta y sonrió.

Durante ese mes Eleanor decidió irse de casa y ponerse a trabajar. Le quedaba todo un curso para entrar en la Universidad y ya estaba cansada, impaciente por dar un giro a su vida, deseosa de conocer nuevos mundos, de tomar sus propias decisiones, de tener su propio espacio vital, lejos de la falsa dulzura egoísta de su madre y del apartamento autista del que —ahora lo sabía— no era su padre. La situación se había deteriorado mucho en su casa, había gritos entre Rebecca y George por culpa de ella: Rebecca le reprochaba a George que se lo hubiera dicho y George decía que ya estaba harto de una niña que terminaría siendo tan puta como su madre. Todo estaba desquiciado. Eleanor metió algunas cosas en una maleta y una noche se marchó.

Pero no tenía adónde ir. Con el poco dinero del que disponía se fue a una pensión de la zona de Virginia, cruzando el Potomac. Y los siguientes días, vestida como una linda señorita visitó las oficinas de la zona central de Washington buscando un trabajo de secretaria que nadie le dio. Entonces comprendió que no tenía preparación alguna y que sólo podría trabajar en empleos menores, agotadores y mal pagados. Pero su orgullo le impedía volver a casa. Por las noches le escribía al tío Adrian contándole la aventura y sólo entonces le parecía que todo lo que hacía cobraba sentido. Pero de día la cosa empeoraba y se hundía después de toda una jornada caminando.

Sus padres, mientras, la buscaban angustiados.

Después de más de una semana, Eleanor encontró un trabajo en The Red Peacock, un bar de las afueras regentado por Betty Valoff, una cincuentona quemada por la vida y el trabajo. Allí, igual servía las mesas que preparaba los sándwiches y las hamburguesas.

Eleanor hubo de soportar el mancharse las manos con comida y sobras casi por primera vez en su vida; hubo de soportar que al final del día toda su ropa, su pelo y su cuerpo olieran a grasa pringosa; y hubo de soportar las bromas de los camioneros y sus continuas alusiones a su cojera y su trasero renqueante.

Un día, Betty Valoff la puso a desplumar un pavo al que acababa de degollar ante sus ojos sin la más mínima compasión. El pavo estaba aún caliente y ella tenía que ir tirando fuertemente de sus plumas para arrancárselas. Fue lo más desagradable que hizo en su vida. Por la tarde Betty Valoff le puso a Eleanor para cenar un guiso de pavo. Ella, mientras comía, pudo ir viendo la piel erizada del pavo, la piel de donde ella misma había arrancado las plumas unas horas antes. Quiso vomitar.

Al día siguiente no fue al trabajo.

Eleanor volvió a escribir a Adrian y de pronto comprendió que mientras que para ella habían pasado tres semanas de espanto, Adrian Troadec aún no habría recibido ni siquiera la carta de suicidio. Le hizo gracia pensar en los desequilibrios entre el tiempo y el espacio. Y sonrió.

Eleanor Trap volvió a casa. Abrazó a su padre y le dijo que le quería y que él por encima de todo y de todos era su padre. Abrazó a su madre y le pidió perdón. Hizo su último curso de la escuela superior y se graduó como todas sus compañeras en una magnífica celebración protocolaria en la que sus padres se emocionaron hasta las lágrimas.

Tiempo después pasó en coche con unas amigas por delante de The Red Peacock, que le pareció mucho más miserable y dijo:

—Ahí trabajé yo.

—No me lo puedo creer —contestó una de sus amigas.

Eleanor Trap nunca llegaría a saber que George, su padre, descubrió el lugar donde trabajaba y pagó 20 dólares a Betty Valoff para que le hiciera pasar la prueba del pavo. Él sabía que nunca la superaría.

Betty Valoff se ganó los 20 dólares y se ahorró el pago de la semana y el tener que despedirla, porque le parecía una niña malcriada a la que no pensaba soportar más.

Eleanor Trap se matriculó en la American University para estudiar Literatura Inglesa. Ahora se daba cuenta de que ése era su sueño desde que se aficionó a leer con su tía Alma. Cada día que pasaba comprendía más lo mucho que ella le había influido.

La estancia en la Universidad comenzó siendo instructiva y divertida. Se pasaba las horas en una esquina del tercer piso de la biblioteca central devorando autores, historias, pasiones, reflexiones y sueños. Luego caminaba al atardecer hacia su casa por las dulces veredas de árboles centenarios que coloreaban el paisaje a su paso. Pasaba por delante de la sinagoga judía, veía a los perros juguetear con sus dueños en las explanadas verdes, se contoneaba al caminar por delante de la vieja Universidad de Georgetown, llegaba hasta la Levine School donde trabajaba su padre y giraba a la izquierda hasta llegar a casa.

Su vida, ahora se daba cuenta, era dulce y aproblemática. Algo parecido a la felicidad.

Pero en segundo año entró en la clase del profesor Richard Kearns, que les dijo que ellos podrían conseguir lo que se propusieran en la vida, que la constancia era la madre del éxito y que el fracaso no existía si nunca dejaban de intentarlo. Richard Kearns sabía que sus alumnos soñaban con ser escritores y que la facultad acabaría con sus sueños. Richard Kearns proyectaba optimismo, seguridad, fe en ellos y así, Eleanor Trap, inevitablemente, se enamoró de él.

Esta aventura la introduciría en el mundo del amor y el sufrimiento del que nunca más se vuelve a salir.

El establecimiento de la relación con el profesor Richard Kearns requirió más de cinco meses. En febrero de 1960 Eleanor Trap consiguió que su profesor de Géneros Literarios la llamara por teléfono por primera vez. Richard Kearns no se anduvo con rodeos ni puso excusas académicas para llamarla:

—Eleanor —le dijo—, creo que deberíamos dejarnos de cortesías y si queremos pasar más tiempo juntos hacerlo sin ningún reparo.

A Eleanor le encantó su franqueza. No era como todos los compañeros timoratos de su facultad que decían mil tonterías antes de proponer sus intenciones. Quedó con él y él la invitó a su casa. Richard Kearns sabía que aquél era el tabú entre los tabúes: subir al apartamento de un hombre soltero, por eso mismo él quiso empezar por ahí: por romper y desmitificar. Ella debía ver quién era él, sencilla y desnudamente desde el principio. Ella subió un poco asustada pero comprendiendo en su fuero interno que tan rápidamente no podían ir las cosas y que su profesor de Géneros Literarios no iba a desnudar a una estudiante cojita nada más llegar, el primer día de la cita.

Richard Kearns se mostró torpe —como era— en la cocina. Intentó que ella se sintiera como en el piso de estudiante de unos amigos y gran parte de la noche la pasaron en la cocina, el lugar, según él decía, donde se encontraba menos tenso y más en familia, en recuerdo de las horas con su madre y sus hermanos en interminables desayunos y cenas. Richard Kearns sabía que mientras estuvieran lejos de un sofá o una cama ella se encontraría relajada y natural. Ambos sabían, no obstante, que todo aquello no era más que una estrategia, pero la estrategia cumplía con todos los ritos del apareamiento de la clase intelectual elevada.

Richard Kearns le leyó sus páginas selectas de la poesía inglesa: Tennyson, Wordsworth, incluso Kipling y Oscar Wilde; para recalar después en sus coterráneos Longfellow y por fin en Whitman, de quien le leyó:

Serénate —no estés incómoda conmigo—, yo soy Walt Whitman, generoso y lleno de vida como la Naturaleza,

Mientras el sol no te rechace, no te rechazaré,
Mientras las aguas no se nieguen a brillar para
ti y las hojas a susurrar para ti, mis palabras no deja-
rán de brillar y de susurrar para ti.

Mi niña yo te cito y te pido que te prepares para
ser digna de encontrarte conmigo,
Y te pido que seas paciente y perfecta hasta que
yo venga.

Hasta entonces te saludo con una mirada expre-
siva para que no me olvides.

Y Richard Kearns miró tiernamente a Eleanor Trap.

Pero Richard Kearns nunca llegó a decirle a Eleanor Trap que el título de aquel poema era «A una prostituta cualquiera».

Los siguientes encuentros de Eleanor Trap y Richard Kearns fueron alegres, desenfadados, ricos y tiernos.

Richard Kearns desplegaba, una vez más, su juego completo de recursos para conquistar a una chica: después de la selección de lecturas, las fotos de la infancia (no había mujer que no se enterneciera ante aquel niño regordito y dinámico); luego las aventuras con sus compañeros de colegio, ritual de imágenes afectivas y recuerdo de una juventud aún no perdida; éxitos deportivos era el siguiente escalafón; viajes lejanos, el último tramo en el ascenso hacia la gloria; y destreza pianística, por último, la culminación.

Después de ese periplo no había mujer que se resistiera.

En abril de 1960, Eleanor Trap y Richard Kearns hicieron el amor por primera vez. Para Eleanor era su estreno total. Para el profesor

Richard Kearns, de 41 años, sólo era una vez más, una dulce y cariñosa vez más en el desastre de su interminable lista de intentos infructuosos por ser feliz en pareja.

Era abril de 1960, Alfred Hitchcock terminaba de montar su película *Psicosis*.

Después vinieron dos años de auténtica estabilidad en pareja: compañerismo, amor, sexo, amigos comunes, proyectos. El verano de 1961 Richard Kearns la llevó de viaje a la zona montañosa del volcán Barú, un oasis de temperatura permanentemente primaveral en la parte oeste de Panamá, cerca de Costa Rica, en la región de Chiriquí, un lugar donde descansaban los altos ejecutivos del Canal y donde Eleanor se sintió plenamente feliz. Pero allí Richard Kearns conoció a Janet Gloriela Suárez Aráuz, la guía turística con la que por primera vez le fue infiel.

Para Richard Kearns, Janet sólo fue una aventura, pero el sabor de aquel incidente, el placer del peligro y el deleite del cambio, le duró durante meses.

En marzo de 1963, en plena presidencia del joven John Fitzgerald Kennedy, Richard Kearns decidió, de pronto, que era hora de crear una

familia y para ello Eleanor era demasiado joven.
La nueva profesora del Departamento de Historia de la Literatura, Josephin Schneider fue su elegida.

Eleanor Trap no podía comprender por qué la gente seguía viviendo si cabía la posibilidad de sufrir un dolor tan profundo como el del desamor.

Su tío Adrian Troadec en una carta de mayo de aquel mismo año le contestó que se sigue viviendo por cobardía. Y por curiosidad.

Ella entendió la oferta, ahora definitiva, y le contestó diciendo que se iría a vivir a Europa con él.

Cuando llegó a Suiza en su primer viaje adulto en avión, vomitó sobre suelo helvético. Se juró no volver a viajar por aire en toda su vida. Eleanor Trap no cumpliría su promesa.

En el aeropuerto la esperaba Adrian Troadec. Tenía un enorme bigote con las puntas enroscadas. Ésa fue la primera imagen de su tío Adrian: unos enormes bigotes enroscados, en un cuerpo alto y poderoso, cubierto por un sombrero verde con una plumita.

Eleanor Trap sintió miedo. Estaba por primera vez sola. Estaba por primera vez en un país extranjero. Y estaba por primera vez con su tío Adrian. Adrian Troadec.

Meses después de su llegada a Suiza, Eleanor Trap comenzó a impartir clases de Lengua Inglesa en la Escuela Normal de Lausanne y por las tardes ayudaba a su tío Adrian Troadec en las gestiones de la pequeña fábrica de chocolates.

En un par de años se dio cuenta de que la enseñanza a adolescentes no era lo suyo.

Seguía escribiendo.

Fue el año en que se aprobó en Estados Unidos la Ley del Derecho al voto de los negros.

Entre los compañeros de la Escuela estaba Hasim Tulú, un joven matemático, de rostro melancólico, procedente de la India.

Después de un largo noviazgo de siete años se casaron en la pequeña iglesia de Santa Marta en Aix-en-Provence, el mismo lugar en el que su tío Adrian Troadec se casó con la joven Elena Petroncini.

Fue el mismo año en el que nació el Estado de Bangladesh.

Durante esos años de noviazgo él consiguió hacerse profesor de la Universidad de Ginebra y ella, entonces, pudo dedicarse sólo a la escritura.

Escribiendo sobre su vida comprendió que debía volver a Estados Unidos a conocer a su padre biológico.

Seis meses después de la boda viajó de nuevo a Washington. Habían pasado diez años.

Se presentó ante su vieja casa, donde, imaginaba, seguía viviendo su padrastro George Trap. Al acercarse oyó el piano. Se sintió en casa.

George Trap la recibió como a una antigua amante. Y le dijo el nombre de su padre: Joseph Ladd.

Eleanor viajó al oeste a buscar huellas de su padre.

Lo encontró en San Diego, en una pequeña casa, frente al mar. Vivía con una chica mexicana más joven que la propia Eleanor.

Cuando él la vio acercarse cojeando supo que era ella, su hija. Pero no le dio la más mínima importancia.

Había estado casado dos veces y tenía tres hijas más.

Hablaron. Él la invitó a cenar. Fue un perfecto caballero.

Después de ese día, no se volvieron a ver.

Eleanor volvió a Ginebra.

En el avión lloró. Sabía que algún día escribiría sobre aquellas teatrales lágrimas de avión.

Cuando se encontró con Hasim Tulú, le dijo:

—Quiero que tengamos un hijo. Ya.

A los nueve meses nació Giuliani. Fue el único hijo del matrimonio Tulú-Trap.

Tres años después enfermó Adrian Troadec. Tenía 69 años. Eleanor tuvo que hacerse cargo de la Fábrica de Chocolates. Eleanor cambiaría el antiguo nombre de *Petit Chocolat Troadec* por el de *Grand Chocolat Trap*. Adrian Troadec asumió aquel cambio con cierta nostalgia: el apellido de su esposa volvía a inundar su vida.

Giuliani comenzó a estudiar violín con 8 años. Y lo hizo con el viejo violín vienés de la antigua casa Tim de 1770. El violín con el que viajó desde Albania su tía Elena Petroncini. Las vidas, el amor y la música se entrelazaban misteriosamente en un continuo sin fin.

Eleanor abrió tiendas en París y Lyon. Amplió la fábrica. Puso al frente de ella a un buen grupo de economistas. Un consejo de dirección en el que confiaba.

Era 1981. Encontraron a Adrian Troadec sin vida sentado en un banco frente al lago.

Ronald Reagan y Juan Pablo II sufrieron atentados. En Madrid hubo un golpe de Estado que, una vez realizado, no salió adelante.

Giuliani fue un hijo despierto y cosmopolita. Supo atesorar todas las culturas que se reunían en él: la india, la norteamericana y la europea. Era abierto, divertido, inteligente. Músico, medio poeta, medio matemático; medio indio, medio occidental; refinado y a la vez espontáneo. Las chicas lo adoraban. En la Universidad comenzó a estudiar Filosofía. Allí hizo grandes amigos: jóvenes comprometidos con un mundo mejor.

Giuliani preguntó a su madre por su historia, por la de su familia. Prometió escribirla un día. Nunca lo haría.

Tocaba el violín, leía Sartre. Interpretó por primera vez en Suiza el *Cuarteto para el fin de los tiempos* de Oliver Messiaen. Luego se hizo cargo de la orquesta de la Universidad. Su madre lo miraba y pensaba en el tío Adrian. Giuliani cayó enfermo.

Eleanor le leyó cuentos, como si fuera un niño, como hizo su tía Alma: «Alicia empezaba a estar harta de seguir tanto rato en la orilla, junto a su hermana, sin hacer nada».

Ella y su hijo se sintieron muy unidos durante su enfermedad. Le faltaban anticuerpos. No sabían por qué pero le faltaban.

En su casa los amigos se reunían en torno al enfermo. Tocaban el piano y cantaban. Jugaban al ajedrez y luego hablaban de cambiar el mundo. Con ellos un día vino Karolina Barmuta, una estudiante polaca de su Universidad. Traía en sus manos una cajita de bombones Trap de leche y almendras para el compañero enfermo. Ella no sabía que eran de la fábrica de su familia. Todos rieron. Y Giuliani comenzó a mejorar. En julio de 2001, ya recuperado, se animó a viajar con Karolina y sus amigos a Italia.

Giuliani murió el 21 de julio de 2001, a los 27 años, en Génova, de un disparo policial en la batalla campal que tuvo lugar durante la cumbre de los ocho países más industrializados del mundo, cuando los movimientos antiglobalización aún creían que podrían cambiar el mundo.

La televisión italiana fue la primera en transmitir la imagen de un joven tendido en el suelo en la plaza Alimonda. Junto a él, una chica de pelo corto lloraba. Su madre lo pudo ver en las noticias del canal suizo sólo tres horas después de que ocurriera. Los reconoció.

Yo soy su madre, Eleanor Trap. Y tengo una pregunta: ¿Tanto esfuerzo, tantas generaciones luchando por sobrevivir, tanto amor condensado en una persona para que el poder llegue y trunque toda una estirpe familiar?

100

El viejo violín vienés de la casa Tim descansa mudo envuelto en una tela vieja y suave.

La gente sigue comiendo chocolates Trap. No saben que su sabor es historia, recuerdos y esperanzas.

Miro desde mi ventana el lago Leman. Ya casi nadie juega al ajedrez.

Basada en hechos reales.

Sabor a chocolate de José Carlos Carmona
se termino de imprimir en febrero, 2017
en los talleres de
Imprenta 1200+
Andorra 29. Del Carmen Zacahuitzco.
México D.F. Tel. (52) 55 7095-2619
1200mas.ggy@gmail.com